¡Hola! amigo
te amo buena idea
feliz

R.E.D. (Rápido, Eficaz y Dinámico) Curso de Español

蜘蛛網式學習法

12小時西班牙語
發音、單字、會話
一次搞定！

José Gerardo Li Chan　著

繽紛外語編輯小組　總策劃

透過清楚的脈絡，輕鬆習得西班牙語

您可還記得，臺灣曾紅極一時的歌曲〈瑪卡蓮娜〉，以及不死經典之作〈我的心裡只有你沒有他〉嗎？還有，最適合搭配這些歌曲的火熱舞蹈「佛朗明歌舞」或「騷莎舞」嗎？另外，知名行腳節目中常介紹的「蕃茄節」、「奔牛節」、「鬥牛活動」或香噴誘人的「海鮮燉飯」，還有迷人的藝術大師「達利」、「高第」是否都令您神往呢？您可知，這些您我熟知的人、事、物和文化，皆源自熱情的西班牙或浪漫的拉丁美洲嗎？透過這些文化層面的影響，可以觀察到，在臺灣生活中漸漸地也常出現「amigo」（朋友）、「bonita」（漂亮）、「beso」（親吻），這些基礎的西班牙語了。

根據調查，西班牙語目前已成為世界的第三大語言了，全球大約有三億多人以西班牙語作為母語，如果，再計入以西班牙語為第二外語的人口計算，全球總使用人口數高達四億多人。而使用這個語言作為官方語言的國家，全球共計二十多國，分別有：歐洲的西班牙（España），中南美洲的阿根廷（Argentina）、智利（Chile）、古巴（Cuba）、玻利維亞（Bolivia）、哥斯大黎加（Costa Rica）、厄瓜多（Ecuador）、瓜地馬拉（Guatemala）、巴拿馬（Panamá）、哥倫比亞（Colombia）、多明尼加（República Dominicana）、薩爾瓦多（El Salvador）、墨西哥（México）、宏都拉斯（Honduras）、祕魯（Perú）、巴拉圭（Paraguay）、烏拉圭（Uruguay）、委內瑞拉（Venezuela）、尼加拉瓜（Nicaragua），非洲的赤道幾內亞（Guinea

Ecuatorial）。另外，美國（Estados Unidos）、波多黎各（Puerto Rico）以及菲律賓（Filipinas）等國會說西班牙語的人也不在少數，在國際間，歐盟、聯合國還有非洲聯盟等大型組織，也通行西班牙語，其重要性不可言喻。

西班牙語是多種語言中，發音最為容易的一種語言，透過本書的設計來學習之後，您更會認同這個概念。本書利用蜘蛛網式學習法來學習發音、單字及會話。這種 R.E.D.（網）學習法，集合 Rápido（快速）、Eficaz（高效）和 Dinámico（動力）三位一體，成為獨樹一幟的學習祕法。並利用國人熟悉的「ㄅ、ㄆ、ㄇ」注音符號，協助解釋每個章節中的發音說明，讓讀者更容易於學習和理解，例如您會發現，西班牙語的母音「A、E、I、O、U」發音幾乎就和注音符號「ㄚ、ㄝ、ㄧ、ㄛ、ㄨ」的發音相同。除此之外，這些母音不論出現在單字何處，其發音都不會改變，這種固定音節的發音，也大幅降低了學習的難度。附帶說明，本書以西班牙皇家語言學院（La Real Academia Española）頒布之各項指南編纂而成。

如何正確、有效又輕鬆地學習西班牙語，的確是門重要的課題，但事實上更重要的是，透過這個語言我們能夠結識更多不同的拉丁或西班牙友人，藉此體會異國的民情及風俗文化。因為學會西班牙語，除了可以開拓視野增長見聞之外，這些異國文化的傳統、美食、人文、景觀以及價值概念，還能為您開創許多意想不到的新天地。

本書編寫特色如下：

1. 利用注音符號說明發音要點，讓您一擊命中西班牙語的發音與學習要點。

2. 清楚的邏輯架構文法概念，讓您學習文法一讀就懂。

3. 精選各種場合適用詞彙，讓您快速現學現賣。

4. 完美的句型範例學習，讓您迅速說出一口漂亮的西班牙語。

5. 一眼快速檢索三個口語常用字彙，以及名詞、形容詞、動詞各一字彙，讓您學會完整的西班牙語。

6. 模擬各種生活情境對話，讓您用西班牙語輕鬆面對不同場合。

7. 精選常用單字，讓您快速上手一學就通。

8. 發音範例 MP3 循序漸進，讓您現在聽得清楚，未來講得明白。

9. 輕鬆的課間小測驗，讓您快速自我檢測學習效果。

常言道：「師父引進門，修行在個人」，語言的學習更是如此，本書就是以武功祕笈的概念為設計依歸，讓有心的學子時時看、日日念，九項編輯特色，讓您記憶久久，成功久久，透過清楚的學習脈絡架構，讓每位讀者都能輕鬆習得西班牙語這門絕世武功。

用蜘蛛網式核心法，掌握學習西班牙語重點

POINT！開始吐絲結網，從認識「西班牙語字母」開始，然後延展蜘蛛絲了解「六個重音規則」，到西班牙語基本概念的「人稱代名詞」、「名詞與形容詞的陰陽性與單複數」、「動詞」、「冠詞」、「指示代名詞」、「疑問詞」，一步步認識西班牙語。

西班牙語重音六大規則

清楚地說明西班牙語的重音六大規則，輕鬆開口說西班牙語。

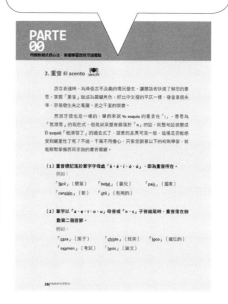

西班牙語字母

西班牙語字母分為：五個母音、二十二個子音，表格化對照最清楚易懂。

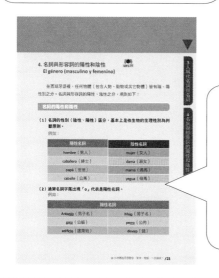

西班牙語基本概念

介紹西班牙語基本概念的「人稱代名詞」、「名詞與形容詞的陰陽性與單複數」、「動詞」、「冠詞」、「指示代名詞」、「疑問詞」，讓您輕易理解書中提供的例句與會話。

▶ 如何使用本書

用蜘蛛網式連結法，
輕鬆學好西班牙語音標，串聯單字與例句

POINT！ 進入最主要的西班牙語字母學習，除了說明字母的讀音之外，還用注音符號輔助說明每一個字母的發音，每個字母皆提供三個短句，加上由名詞、形容詞、動詞組成的三個單字、三個例句，經由蜘蛛網般的脈絡串聯起來，一線連結一線，結合成綿密的學習網絡。

MP3 序號
配合 MP3 學習，西班牙語發音就能更快琅琅上口！

分類學習
西班牙語的字母，依照「母音」、「子音」的學習順序！

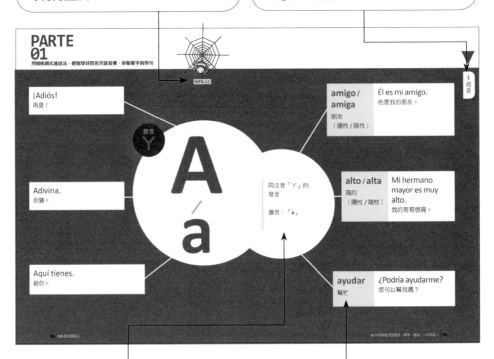

發音說明
搭配注音符號輔助發音，並同步說明與其他西語系國家在發音上的不同之處！

生活單字
每學完一個字母，立刻就能學到三個短句以及名詞、形容詞、動詞各一個的生活單字，簡單開口說！

6/ 蜘蛛網式學習法

子音拼音學習

每一個子音都會與五個母音結合，讓讀者拼拼看。搭配 MP3 學習唸法，說出最正確的西班牙語！

常用會話

每學完一個西班牙語單字，馬上學到一句常用會話，練習零負擔！

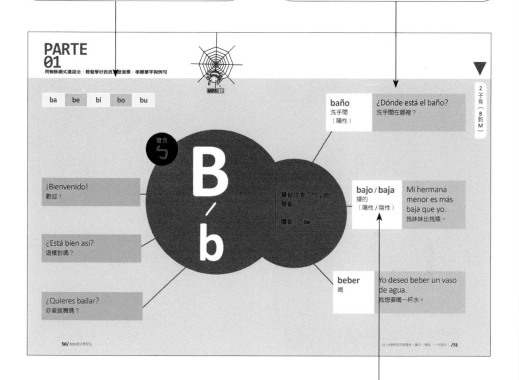

陽性、陰性說明

西班牙語的名詞和形容詞有區分為陽性和陰性，由於和冠詞及指示代名詞的用法都有關連，因此本篇的名詞和形容詞都有特別註明是陽性或陰性，加深讀者的印象！（沒有加註陰、陽性者，即為陰、陽性皆可使用）

PARTE 02

用蜘蛛網式擴大法，實用會話現學現說

POINT！打好西班牙語的發音、單字、句子基礎後，接著擴大學習「實用情境會話」。特選「問候」、「再見」、「自我介紹」、「留下聯絡方式」、「如何介紹他人」、「留下地址」、「預約」、「餐廳」、「購物」九種情境主題，開口說西班牙語一點都不難！

中文翻譯
會話皆附有中文翻譯，了解會話句意好放心！

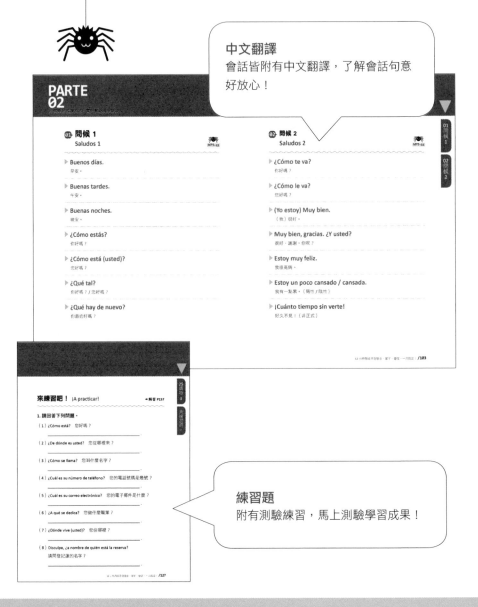

PARTE 02

01 問候 1
Saludos 1

▶ Buenos días.
早安。

▶ Buenas tardes.
午安。

▶ Buenas noches.
晚安。

▶ ¿Cómo estás?
你好嗎？

▶ ¿Cómo está (usted)?
您好嗎？

▶ ¿Qué tal?
你好嗎？/ 您好嗎？

▶ ¿Qué hay de nuevo?
你最近好嗎？

02 問候 2
Saludos 2

▶ ¿Cómo te va?
你好嗎？

▶ ¿Cómo le va?
您好嗎？

▶ (Yo estoy) Muy bien.
（我）很好。

▶ Muy bien, gracias. ¿Y usted?
很好，謝謝。你呢？

▶ Estoy muy feliz.
我很高興。

▶ Estoy un poco cansado / cansada.
我有一點累。（陽性 / 陰性）

▶ ¡Cuánto tiempo sin verte!
好久不見！（非正式）

來練習吧！ ¡A practicar! 解答 P157

1. 請回答下列問題。

（1）¿Cómo está? 您好嗎？

（2）¿De dónde es usted? 您從哪裡來？

（3）¿Cómo se llama? 您叫什麼名字？

（4）¿Cuál es su número de teléfono? 您的電話號碼是幾號？

（5）¿Cuál es su correo electrónico? 您的電子郵件是什麼？

（6）¿A qué se dedica? 您做什麼職業？

（7）¿Dónde vive (usted)? 您住哪裡？

（8）Disculpe, ¿a nombre de quién está la reserva?
請問登記誰的名字？

練習題
附有測驗練習，馬上測驗學習成果！

PARTE 03

用蜘蛛網式擴大法，延伸學習日常詞彙

POINT！本單元特別挑選了二十一大類最實用、最基本的日常詞彙如「西班牙常用男生姓名」、「西班牙常用女生姓名」、「西語系國家名稱」、「西語系國家首都名稱」、「家庭」、「職業」、「城市景觀」、「自然景觀」、「數字」、「交通工具」、「顏色」、「星期」、「月份」、「星座」、「美食」、「肉類和海鮮類」、「水果」、「蔬菜」、「飲料」、「文具」、「衣服」，累積、擴充自己的西班牙字彙量。

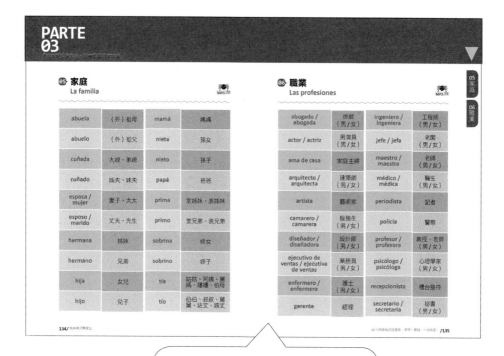

PARTE 03

05 家庭
La familia
MP3.77

abuela	（外）祖母	mamá	媽媽
abuelo	（外）祖父	nieta	孫女
cuñada	大嫂、弟媳	nieto	孫子
cuñado	姊夫、妹夫	papá	爸爸
esposa / mujer	妻子、太太	prima	堂姊妹、表姊妹
esposo / marido	丈夫、先生	primo	堂兄弟、表兄弟
hermana	姊妹	sobrina	姪女
hermano	兄弟	sobrino	姪子
hija	女兒	tía	姑姑、劉姨、舅媽、嬸嬸、伯母
hijo	兒子	tío	伯伯、叔叔、舅舅、姑丈、姨丈

06 職業
Las profesiones
MP3.78

abogado / abogada	律師（男/女）	ingeniero / ingeniera	工程師（男/女）
actor / actriz	男演員（男/女）	jefe / jefa	老闆（男/女）
ama de casa	家庭主婦	maestro / maestra	老師（男/女）
arquitecto / arquitecta	建築師（男/女）	médico / médica	醫生（男/女）
artista	藝術家	periodista	記者
camarero / camarera	服務生（男/女）	policía	警察
diseñador / diseñadora	設計師（男/女）	profesor / profesora	教授、老師（男/女）
ejecutivo de ventas / ejecutiva de ventas	業務員（男/女）	psicólogo / psicóloga	心理學家（男/女）
enfermero / enfermera	護士（男/女）	recepcionista	櫃台接待
gerente	經理	secretario / secretaria	祕書（男/女）

05 家庭

06 職業

日常詞彙
選擇生活中最常用到的詞彙，加上中文翻譯以及 MP3 輔助記憶，不知不覺中就可以把單字統統記起來！

目次

PARTE 00 用蜘蛛網式核心法，掌握學習西班牙語重點

PARTE 01

用蜘蛛網式連結法，輕鬆學好西班牙語音標，
串聯單字與例句

PARTE 02 用蜘蛛網式擴大法，實用會話現學現說

PARTE 03

用蜘蛛網式擴大法，延伸學習日常詞彙

Aspectos generales del español

PARTE 00

用蜘蛛網式核心法，掌握學習西班牙語重點

炙熱豔陽中，瘋狂的奔牛和鮮紅色的旗幟印象，在世人眼中，他是熱情的總合。西班牙語，這源自極度浪漫國度的語言，如同騷莎舞者的身段一般，輕盈曼妙、精靈動人。學習熱情的語言，自然需要熱情的方法，「蜘蛛網式核心法」如同拉丁美洲式的大擁抱一般，讓您掉進熱情的網羅裡，快速且有效地學習。

接著，本單元將利用「蜘蛛網式核心法」，引領您學習「西班牙語發音要點」、「西班牙語單字屬性」以及「西班牙語文法結構和變化」等學習重點，帶領您跨出西班牙語學習的第一步！

1. 認識西班牙語的字母 El alfabeto

　　西班牙語總計有二十七個字母，有大小寫之分，母音有「a、e、i、o、u」五個，其發音與注音「ㄚ、ㄝ、ㄧ、ㄛ、ㄨ」相同。而母音，又分強母音與弱母音，其中「a、e、o」是強母音，「i、u」則是弱母音。

　　西班牙語共有二十二個子音，分別是「b、c、d、f、g、h、j、k、l、m、n、ñ、p、q、r、s、t、v、w、x、y、z」。

　　2010年西班牙皇家學會（Real Academia Española），將字母「ch」（讀音「che」）併入字母「c」，將字母「ll」（讀音「elle」）併入字母「l」，所以將「ch」、「ll」從西班牙語字母表中刪除。儘管如此，本書為了幫助讀者正確地學習「ch」和「ll」的拼音，選擇保留這二個字母。

西班牙語母音

大寫	小寫	讀音
A	a	a
E	e	e
I	i	i
O	o	o
U	u	u

西班牙語子音

大寫	小寫	讀音
B	b	be
C	c	ce
D	d	de
F	f	efe
G	g	ge
H	h	hache
J	j	jota
K	k	ka
L	l	ele
M	m	eme
N	n	ene
Ñ	ñ	eñe
P	p	pe
Q	q	cu
R	r	erre
S	s	ese
T	t	te
V	v	uve
W	w	uve doble
X	x	equis
Y	y	ye
Z	z	zeta

2. 重音 El acento MP3-02

　　語言表達時，為降低言不及義的情況發生，讓聽話者快速了解您的意思，掌握「重音」就成為關鍵角色，好比中文裡的平仄一樣，發音掌握失準，容易發生失之毫釐、差之千里的誤會。

　　西班牙語也是一樣的，舉例來說 Yo esquío 的重音在「i」，意思為「我滑雪」的現在式，但是如果重音錯落於「o」的話，則整句話就變成 Él esquió「他滑雪了」的過去式了，語意的差異可見一般，這樣是否能感受到嚴重性了呢？不過，千萬不用擔心，只要您跟著以下的規則學習，就能輕鬆掌握西班牙語的重音關鍵。

（1）重音標記落於單字字母處「á、é、í、ó、ú」，即為重音所在。

　　例如：

　　「fácil」（簡單）　　「bebé」（嬰兒）　　「país」（國家）

　　「canción」（歌）　　「útil」（有用的）

（2）單字以「a、e、i、o、u」母音或「n、s」子音結尾時，重音落在倒數第二個音節。

　　例如：

　　「casa」（房子）　　「chiste」（玩笑）　　「loco」（瘋狂的）

　　「examen」（考試）　　「tesis」（論文）

（3）單字字尾非子音「n、s」結尾時，重音落於最後一個音節。

例如：

「e<u>dad</u>」（年齡）　　　「pa<u>pel</u>」（紙）

（4）單字字尾為「ar、er、ir」時，重音落於該字母。

例如：

「bai<u>lar</u>」（跳舞）　　「co<u>mer</u>」（吃）　　「escri<u>bir</u>」（寫）

（5）如單字遇雙母音時，重音則落於強母音上。例如「ai、au、ei、eu、ia、ie、io、oi、ou、ua、ue、uo」的雙母音情況，重音落於強母音「a、e、o」上。

例如：

「<u>au</u>nque」（雖然）　　「h<u>ue</u>vo」（蛋）　　　「cl<u>ie</u>nte」（客戶）
「<u>oi</u>ga」（聽）　　　　「c<u>uo</u>ta」（定額）

（6）二個母音皆為弱母音時，重音落於後者。例如弱母音「iu」，則重音落在「u」上，「ui」時則重音落在「i」上。

例如：

「r<u>ui</u>do」（噪音）　　　「grat<u>ui</u>to」（免費的）

3. 人稱代名詞與名詞 El pronombre y el sustantivo

　　一般來説，在西班牙語中可以不使用人稱代名詞，但是如果想要加重語氣或強調主詞時，則可適時運用。

例如：「Él es muy inteligente.」（他很聰明。）

人稱代名詞

西班牙語	中文
yo	我
tú usted	你 您
él ella	他 她
nosotros nosotras	我們（男性） 我們（女性）
vosotros vosotras ustedes	你們（男性） 妳們（女性） 您們
ellos ellas	他們 她們

4. 名詞與形容詞的陽性和陰性
El género (masculino y femenino)

MP3-04

在西班牙語裡，任何物體（包含人物、動物或其它物體）皆有陰、陽性別之分。名詞與形容詞的陽性、陰性之分，規則如下：

名詞的陽性和陰性

（1）名詞的性別（陰性、陽性）區分，基本上是依生物的生理性別為判斷原則。

例如：

陽性名詞	陰性名詞
hombre（男人）	mujer（女人）
caballero（紳士）	dama（淑女）
papá（爸爸）	mamá（媽媽）
caballo（公馬）	yegua（母馬）

（2）通常名詞字尾出現「o」代表是陽性名詞。

例如：

陽性名詞	
Antonio（男子名）	Mario（男子名）
gato（公貓）	perro（公狗）
edificio（建築物）	dinero（錢）

（3）一般而言，當名詞字尾出現「a」、「cion」、「sion」、「dad」、「tad」、「umbre」時為陰性名詞。

例如：

陰性名詞	
Anto<u>nia</u>（女子名）	Ma<u>ría</u>（女子名）
ga<u>ta</u>（母貓）	pe<u>rra</u>（母狗）
conversa<u>ción</u>（對話）	esta<u>ción</u> de bus（車站）
televi<u>sión</u>（電視機）	deci<u>sión</u>（決定）
facul<u>tad</u>（學院）	liber<u>tad</u>（自由）
cali<u>dad</u>（品質）	reali<u>dad</u>（事實）
cos<u>tumbre</u>（習慣）	le<u>gumbre</u>（蔬菜）

（4）日期都是陽性名詞，例如：年「el año」、月份「el mes」、日子「los días de la semana」，皆為陽性名詞。

例如：

「el lunes」（星期一）　　　　　「el mes de enero」（一月）

（5）西班牙語的字母都是陰性名詞，例如：「la a」、「la be」、「la ce」，都是陰性名詞。

（6）有一部分的單字，無法使用上述規則判斷屬性，所以學習西班牙語時，最好同時學習冠詞，透過句子中的冠詞來更精準地判斷。舉例來說，名詞前冠詞「el」為陽性名詞，反之「la」則為陰性名詞。

例如：

陽性名詞	陰性名詞
el artista（藝術家）	la artista（藝術家）
el asistente（助理）	la asistente（助理）
el modelo（模特兒）	la modelo（模特兒）
el joven（年輕人）	la joven（年輕人）

（7）少部分西班牙語的名詞，有不規則的陰陽屬性類別，舉例如下：

陽性名詞	陰性名詞
programa（節目）	mano（手）
mapa（地圖）	foto（照片）
problema（問題）	moto（機車）

形容詞的陽性和陰性 MP3-05

（1）對話中，依據說話人或主詞的不同，須使用相對應的形容詞。當主詞為男性時，則使用陽性形容詞，反之，使用陰性形容詞。

「Mario es muy simpático.」（Mario 很友善。）

「María es muy simpática.」（María 很友善。）

（2）形容詞字尾，如遇「o」時為陽性形容詞，遇「a」時為陰性形容詞。

例如：「Él es muy al<u>to</u>.」（他很高。）

「Ella es muy al<u>ta</u>.」（她很高。）

（3）當形容詞字尾為子音時，加上「a」可轉為陰性形容詞。

例如：

「Me gusta ese recuerdo español.」（我喜歡那個西班牙紀念品。）

「No me gusta esa marca español<u>a</u>.」（我不喜歡那個西班牙品牌。）

（4）字尾以「ista」結尾，則為陰、陽同性的形容詞。

例如：「ego<u>ísta</u>」（自私的）　　「real<u>ista</u>」（現實的）

「Francisco es muy <u>egoísta</u>.」（Francisco 很自私。）

「Francisca es muy <u>egoísta</u>.」（Francisca 很自私。）

（5）少部分西班牙語的形容詞，有不規則的陰陽屬性類別，舉例如下：

陽性形容詞	陰性形容詞
fácil（簡單的）	fácil（簡單的）
difícil（困難的）	difícil（困難的）
obediente（聽話的）	obediente（聽話的）
inteligente（聰明的）	inteligente（聰明的）
grande（大的）	grande（大的）

「Mi <u>hijo</u> es muy <u>obediente</u>.」（我的兒子很聽話。）

「Mi <u>hija</u> es muy <u>obediente</u>.」（我的女兒很聽話。）

「Mi <u>cama</u> es <u>grande</u>.」（我的床很大。）

「Mi <u>apartamento</u> es <u>grande</u>.」（我的公寓很大。）

5. 名詞與形容詞的單數與複數 Número (singular y plural)

MP3-06

　　西班牙語中，名詞的單數或複數區分規則是，當名詞字尾為「a、e、o」時，在字尾上加「s」即為複數名詞；當字尾為子音時，則在字尾上加「es」，此時的冠詞也要同時變化，「el」須改為「los」，「la」則改為「las」。

例如：

單數	複數
<u>la</u> regla（尺）	<u>las</u> reglas（尺）
<u>el</u> parque（公園）	<u>los</u> parques（公園）
<u>el</u> bolígrafo（原子筆）	<u>los</u> bolígrafos（原子筆）

　　形容詞字尾如遇母音，則在字尾上加「s」就能變成複數形容詞；如遇子音時則加「es」就能變成複數形容詞。

例如：

● 「Este ejercicio es muy difí<u>cil</u>.」（這個練習很難。）（單數）

　「Estos ejercicios son muy difí<u>ciles</u>.」（這些練習很難。）（複數）

- 「<u>Él</u> es taiwané<u>s</u>.」（他是台灣人。）（單數）

  「<u>Ellos</u> son taiwane<u>ses</u>.」（他們是台灣人。）（複數）

- 「<u>Yo</u> estoy feli<u>z</u>.」（我很高興。）（單數）

  「<u>Nosotros</u> estamos feli<u>ces</u>.」（我們很高興。）（複數）

6. 動詞 Los verbos MP3-07

　　西班牙語的動詞共有四種式（modo）：陳述式（modo indicativo）、虛擬式（modo subjuntivo）、可能式（modo potencial）、命令式（modo imperativo），本書由於為入門書，所以介紹的西班牙語動詞時態變化，都屬於「陳述式現在時的變化」。

　　西班牙語的陳述式現在時動詞，分為「規則」與「不規則」二種變化類型，說明如下。

陳述式現在時規則動詞變化（Presente de indicativo regular）

　　規則變化的動詞中，有三種原形字尾，分別是「ar、er、ir」結尾的動詞。

　　使用時必須視主詞之不同，而產生不同的變化。例如：表達「我唱歌」時不能以「yo cantar」來表示，因為「cantar」為唱歌的原形動詞，不能直接連結主詞使用，而應跟隨主詞「yo」（我）這個主詞一起變化，將「ar」

改成「o」，表示為「<u>yo</u> <u>canto</u>」。相關規則動詞變化整理如下表：

規則動詞變化表

主詞	動詞 字尾是 ar	動詞 字尾是 er	動詞 字尾是 ir
yo 我	-o	-o	-o
tú 你	-as	-es	-es
él / ella / usted 他 / 她 / 您	-a	-e	-e
nosotros / nosotras 我們（男性）/ 我們（女性）	-amos	-emos	-imos
vosotros / vosotras 你們（男性）/ 妳們（女性）	-áis	-éis	-ís
ellos / ellas / ustedes 他們 / 她們 / 您們	-an	-en	-en

陳述式現在時不規則動詞變化 (Presente de indicativo irregular)

常見的不規則變化動詞有三種類型，分別為：（1）動詞字母中的「e」改成「ie」、（2）動詞字母中的「o」改成「ue」、（3）動詞字母中的「e」改成「i」。

（1）動詞字母中的「e」改成「ie」

主詞		動詞變化	主詞		動詞變化
yo	我	qu<u>ie</u>ro	nosotros (as)	我們	quer<u>e</u>mos
tú	你	qu<u>ie</u>res	vosotros (as)	你們	quer<u>é</u>is
él / ella	他 / 她	qu<u>ie</u>re	ellos / ellas	他們 / 她們	qu<u>ie</u>ren
usted	您	qu<u>ie</u>re	ustedes	您們	qu<u>ie</u>ren

　　其他同樣變化的常用動詞有：「at<u>e</u>nder」（服務）、「com<u>e</u>nzar」（開始）、「c<u>e</u>rrar」（關）、「cal<u>e</u>ntar」（加熱）、「emp<u>e</u>zar」（開始）、「enc<u>e</u>nder」（開）、「ent<u>e</u>nder」（了解）、「p<u>e</u>nsar」（想、想念、認為）、「p<u>e</u>rder」（失去）、「pref<u>e</u>rir」（比較喜歡）、「qu<u>e</u>rer」（想要）、「recom<u>e</u>ndar」（推薦）、「s<u>e</u>ntir」（感覺）、「sug<u>e</u>rir」（建議）、「t<u>e</u>ner」（有）。

（2）動詞字母中的「o」改成「ue」

主詞		動詞變化	主詞		動詞變化
yo	我	p<u>ue</u>do	nosotros (as)	我們	pod<u>e</u>mos
tú	你	p<u>ue</u>des	vosotros (as)	你們	pod<u>é</u>is
él / ella	他 / 她	p<u>ue</u>de	ellos / ellas	他們 / 她們	p<u>ue</u>den
usted	您	p<u>ue</u>de	ustedes	您們	p<u>ue</u>den

　　其他同樣變化的常用動詞有：「alm<u>o</u>rzar」（吃午餐）、「ac<u>o</u>starse」（就寢）、「c<u>o</u>lgar」（掛）、「c<u>o</u>ntar」（數、告訴）、「dev<u>o</u>lver」（歸還）、「enc<u>o</u>ntrar」（找）、「m<u>o</u>ver」（搬）、「pr<u>o</u>bar」（測試、嘗試）、「p<u>o</u>der」（可以、能）、「s<u>o</u>ñar」（夢、夢想）、「v<u>o</u>lver」（回來）。

（3）動詞字母中的「e」改成「i」

主詞		動詞變化	主詞		動詞變化
yo	我	rep<u>i</u>to	nosotros (as)	我們	repet<u>i</u>mos
tú	你	rep<u>i</u>tes	vosotros (as)	你們	repet<u>í</u>s
él / ella	他 / 她	rep<u>i</u>te	ellos / ellas	他們 / 她們	rep<u>i</u>ten
usted	您	rep<u>i</u>te	ustedes	您們	rep<u>i</u>ten

其他同樣變化的常用動詞有：「corr<u>e</u>gir」（修改）、「d<u>e</u>cir」（說）、「el<u>e</u>gir」（選擇）、「m<u>e</u>dir」（測量）、「r<u>e</u>ír」（笑）、「rep<u>e</u>tir」（重複）、「s<u>e</u>guir」（跟隨、繼續）。

　　動詞間的字母變化完成後，接著再把字尾「ar、er、ir」根據動詞規則變化表，調整為現在時的變化就可以了。另外，請特別注意，當主詞是「nosotros / nosotras / vosotros / vosotras」（我們 / 你們）時，動詞間的字母不需要做任何調整，只需依規則調整字尾的變化即可。

　　例如：「我要一杯咖啡加牛奶。」就不能按照字面意思說成：「Yo querer una taza de café con leche.」，而必須將動詞「qu<u>e</u>rer」中的字母「e」改為「ie」，同時將動詞字尾的字母「er」改為「o」，變成「qu<u>ie</u>ro」這個字，所以這句話的正確說法應該是：「<u>Yo</u> qu<u>ie</u>ro una taza de café con leche.」。

　　假如你要說：「我們要五杯咖啡加牛奶。」就不能按照字面意思說成：「Nosotros <u>querer</u> cinco tazas de café con leche.」，而必須將動詞字尾的字母「er」改為「emos」，變成「qu<u>e</u>remos」這個字，動詞間的字母不需

要做變化，請特別注意，不需要做任何調整，只需依規則調整字尾的變化即可。所以這句話的正確説法應該是：「Nosotros qu<u>e</u>remos cinco tazas de café con leche.」。

7. 冠詞 Los artículos MP3-08

西班牙語的冠詞分為定冠詞和不定冠詞二種。定冠詞，用以修飾確定或者是熟悉的人、事、物等名詞時使用；不定冠詞，則是用來修飾不確定、不熟悉或是第一次提到的人、事、物等名詞時使用。

西班牙語中，名詞與形容詞有陰、陽性和單、複數之分，而冠詞也會因為主詞的陰、陽性和單、複數之分，而產生相對應的變化。例如：「un perro」指的是一隻公狗（不定冠詞 / 單數 / 陽性），「<u>un</u>os perros」指的則是一群公狗（不定冠詞 / 複數 / 陽性）；「una perra」為一隻母狗（不定冠詞 / 單數 / 陰性），「<u>un</u>as perras」則為一群母狗（不定冠詞 / 複數 / 陰性）。相關變化整理如下表：

冠詞	陰、陽性	陽性	陰性
定冠詞	單數	el	la
	複數	los	las
不定冠詞	單數	un	una
	複數	unos	unas

例如：

「Yo leo <u>el</u> perió<u>dico</u> todas las mañanas.」（我每天早上看報紙。）
（定冠詞 / 單數 / 陽性）

「Yo quiero <u>un</u> vesti<u>do</u> de algodón.」（我要一件棉質洋裝。）
（不定冠詞 / 單數 / 陽性）

「<u>La</u> farma<u>cia</u> abre a las diez.」（藥局十點開門。）
（定冠詞 / 單數 / 陰性）

8. 指示代名詞 Los pronombres demostrativos MP3-09

　　西班牙語的指示代名詞共有三個，根據與說話者之間的距離關係，分為與說話者較近的「este」（這個）、與說話者距離稍遠的「ese」（那個）、與說話者距離很遠的「aquel」（那個）。並且，必須跟著主詞的不同而有不同的陰、陽性和單、複數變化。例如：當你想說手邊的杯子時，可以說「este vaso」（這個杯子），客廳的電話可以說「ese teléfono」（那個電話），隔壁鄰居的腳踏車可以說「aquella bicicleta」（那台腳踏車）。相關規則彙整如下表：

陰、陽性 單、複數 指示代名詞	陽性		陰性	
	單數	複數	單數	複數
近處	este	estos	esta	estas
遠處	ese	esos	esa	esas
很遠處	aquel	aquellos	aquella	aquellas

例如：

- 「este parque」（這個公園，陽性單數）
  「estos parques」（這些公園，陽性複數）

- 「ese bolígrafo」（那個原子筆，陽性單數）
  「esos bolígrafos」（那些原子筆，陽性複數）

- 「aquel coche」（那台汽車，陽性單數）
  「aquellos coches」（那些汽車，陽性複數）

- 「esta mesa」（這個桌子，陰性單數）
  「estas mesas」（這些桌子，陰性複數）

- 「esa corbata」（這條領帶，陰性單數）
  「esas corbatas」（這些領帶，陰性複數）

- 「aquella escuela」（那個學校，陰性單數）
  「aquellas escuelas」（那些學校，陰性複數）

9. 疑問詞 Los interrogativos MP3-10

　　西班牙語的疑問句非常具有特色，問句開始和結束時，都必須加上問號，以「¿」符號代表開始，「?」代表結束。例如：詢問他人地址的問句，表示為「¿Cuál es su dirección?」。

（1）「quién」（誰，單數）、「quiénes」（誰，複數）

　　「quién」用來詢問某個人，單指一位。「quiénes」則是用來詢問一個以上的人數時使用。使用這個疑問詞時，常伴隨著動詞出現，用來詢問某人的身分。例如：「¿Quién es?」（他是誰？）、「¿Quién estudia en la biblioteca?」（誰在圖書館念書？）

（2）「qué」（什麼）

　　藉著動詞來詢問某些事物，例如：「¿Qué escuchas?」（你聽什麼？）、「¿Qué estudias en la universidad?」（你在學校學什麼？）。或借助名詞來詢問某些事物，例如：「¿Qué lenguas hablas?」（你說什麼語言？）。

（3）「dónde」（哪裡）

　　詢問地點或位置，例如：「¿Dónde nadas?」（你在哪裡游泳？）、「¿Dónde corres todas las noches?」（你每天晚上在哪裡跑步？）、「¿Dónde vives?」（你住哪裡？）。

（4）「cómo」（如何）

詢問人、事、物的外貌特徵或狀態，例如：「¿Cómo estás?」（你好嗎？）、「¿Cómo es el profesor?」（教授長得如何？）。

（5）「cuándo」（何時）

詢問事情的發生時間，例如：「¿Cuándo es tu cumpleaños?」（你的生日是何時？）、「¿Cuándo es la reunión?」（會議是何時？）。

（6）「cuánto」（多少，陽性單數）、「cuánta」（多少，陰性單數）、「cuántos」（多少，陽性複數）、「cuántas」（多少，陰性複數）

藉著名詞詢問數量，其陽、陰性和單、複數情況必須隨著名詞一同變化。例如：「¿Cuántos sombreros tienes?」（你有多少頂帽子？）、「¿Cuántas sillas necesitas?」（你需要多少張椅子？）。特別提醒，「cuánto」和「cuánta」二個疑問詞，只能連接不可數的名詞使用，例如：「¿Cuánto dinero deseas?」（你要多少錢？）。

（7）「cuál」（哪個，單數）、「cuáles」（哪個，複數）

藉著動詞或名詞來詢問某些事物，例如：「¿Cuál coche te gusta?」（你喜歡哪一台車？）、「¿Cuáles libros vas a seleccionar?」（你會選哪些書？）。

（8）「por qué」（為什麼）

藉著動詞來詢問事情的原因，例如：「¿Por qué lloras?」（你為什麼哭泣？）、「¿Por qué vendes tu casa?」（你為什麼賣房子？）。

Palabras y frases útiles

PARTE 01

用蜘蛛網式連結法，
輕鬆學好西班牙語音標，
串聯單字與例句

本單元中，我們將依照西班牙語的「母音」及「子音」順序學習，並配合例句中單字的屬性規則變化，快速讓您熟悉西班牙語的二十二個音標。學習音標之後，接著利用蜘蛛網式學習法擴散範圍，延伸學習三個最常用的例句，以及名詞、形容詞、動詞例句各一個，合計六個例句，讓您一次掌握學習核心。

※ 補充說明：單字舉例時，若無特別註記陽性或陰性，該單字為共同屬性字。

¡Qué fácil!

真簡單！

1

母音
Las vocales

西班牙語有「a、e、i、o、u」五個母音，其發音與注音「ㄚ、ㄝ、一、ㄛ、ㄨ」相同。而母音，又有強與弱之分，其中「a、e、o」是強母音，「i、u」則是弱母音。當二個或三個母音連在一起時，必須將這些母音連在一起發音，不能單獨分開發音。

雙母音的組合有三種模式，分別是：「弱母音＋強母音」（ia、ie、io、ua、ue、uo）、「弱母音＋弱母音」（iu、ui）、「強母音＋弱母音」（ai、ei、oi、au、eu、ou）。三母音只有一種組合：「弱母音＋強母音＋弱母音」（iai、iei、uai、uei）。

說到這裡，您是否已經暈頭轉向了呢？不要害怕，簡單來說注音符號「ㄞ、ㄟ、ㄠ、ㄡ」就有雙母音的概念，「ㄞ＝ㄚ＋一」、「ㄟ＝ㄝ＋一」、「ㄠ＝ㄚ＋ㄨ」、「ㄡ＝ㄛ＋ㄨ」，如此是否清楚些了呢？現在，請放心開口跟著 MP3 一起輕鬆練習吧！

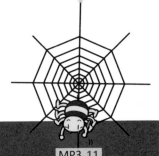

MP3-11

¡Adiós!
再見！

發音
Y

A
á

Adivina.
你猜。

Aquí tienes.
給你。

amigo / amiga
朋友
（陽性 / 陰性）

Él es mi amigo.
他是我的朋友。

同注音「ㄚ」的
發音

讀音：「a」

alto / alta
高的
（陽性 / 陰性）

Mi hermano mayor es muy alto.
我的哥哥很高。

ayudar
幫忙

¿Podría ayudarme?
您可以幫我嗎？

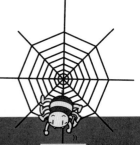

MP3-12

¡Enhorabuena!
恭喜！

發音
ㄝ

E
é

Enseguida.
馬上。

¡Estupendo!
太棒了！

estudiante
學生

Yo soy estudiante.
我是學生。

同注音「ㄝ」的
發音

讀音:「e」

elegante
優雅的

Este vestido es
muy elegante.
這件洋裝很優雅。

estudiar
學習、念書

Yo estudio italiano
todas las tardes.
我每天下午都在學習義大利
語。

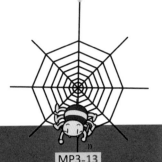

MP3-13

No importa.
沒關係。

發音

Buena idea.
好主意。

Te invito.
我請你。

impuesto
稅（陽性）

Este precio incluye el impuesto.
這價格含稅。

同注音「ㄧ」的發音

讀音：「i」

inocente
無辜的

Yo soy inocente.
我是無辜的。

invertir
投資

Yo quiero invertir en aquella compañía.
我要在那家公司投資。

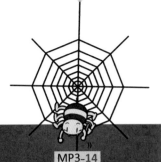

MP3-14

發音
ㄛ

O ó

¡Ojalá!
希望！

Se me olvidó.
我忘記了。

¿Qué opinas?
你有什麼看法？

oficina
辦公室（陰性）

Te espero en la oficina.
我在辦公室等你。

同注音「ㄛ」的發音

讀音：「o」

**ocupado /
ocupada**
忙的
（陽性 / 陰性）

Aquella enfermera está muy ocupada.
那位護士很忙。

ofrecer
提供

Ese vendedor me ofreció un treinta por ciento de descuento.
那位店員為我提供了百分之三十的折扣。

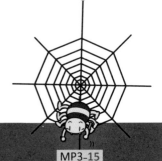

MP3-15

¡Urgente!
緊急！

發音
×

¡Eres único!
你是獨一無二的！

Ú
ú

Deseo un asiento en la última fila.
我想要一個在最後一排的座位。

universidad
大學（陰性）

Yo tengo que ir a la universidad en la tarde.
我下午必須去大學。

同注音「ㄨ」的發音

讀音：「u」

útil
好用的

Pienso que este producto es muy útil.
我想這個產品是非常好用的。

usar
使用

¿Puedo usar tu impresora?
我可以用你的印表機嗎？

來練習吧！ ¡A practicar!

➡ 解答 P154

1. 請寫出下列名詞或形容詞的西班牙語。

例句： 救命！ __¡Ayuda!__

（1）再見！ _____

（2）太棒了！ _____

（3）好主意。 _____

（4）請再一次。 _____

（5）緊急！ _____

（6）朋友 _____

（7）優雅的 _____

（8）無辜的 _____

（9）忙的 _____

（10）好用的 _____

2. 請聆聽光碟，圈出正確的回答。 MP3-16

（1）a.alto   b.adiós   c.ayuda

（2）a.enseguida   b.estudiante   c.estudiar

（3）a.impuesto   b.inocente   c.invertir

（4）a.oficina   b.ocupado   c.ofrecer

（5）a.universidad   b.útil   c.usar

子音（B 到 M）
Las consonantes (B a M)

　　西班牙語中有二十二個子音，其發音與我們的注音符號非常雷同，例如 b ＝ㄅ、j ＝ㄏ，本單元將安排子音搭配母音成為一個音節，讓您更了解如何發音，並同樣列舉三個最常用的例句，以及名詞、形容詞、動詞例句各一個，合計六個例句。

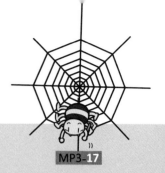

MP3-17

ba	be	bi	bo	bu

發音
ㄅ

B
b

¡Bienvenido!
歡迎！

¿Está bien así?
這樣對嗎？

¿Quieres bailar?
你要跳舞嗎？

baño
洗手間
（陽性）

¿Dónde está el baño?
洗手間在哪裡？

類似注音「ㄅ」的
發音

讀音：「be」

bajo / baja
矮的
（陽性 / 陰性）

Mi hermana
menor es más
baja que yo.
我妹妹比我矮。

beber
喝

Yo deseo beber un vaso
de agua.
我想要喝一杯水。

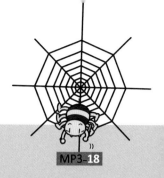

| ca | ce | ci | co | cu |

發音
《 / th / ム

C / c

¿Cómo se escribe "~" en español?
這句「～」的西班牙語怎麼寫？

¡Cuídate!
保重！

¿Cuánto cuesta?
多少錢？

banco
銀行（陽性）

Yo deposité el dinero en el banco.
我把錢存在銀行裡了。

ㄍ（在 a、o、u 前發「ㄍ」的音）

th（在 e、i 前發類似英語「th」的音）

ㄙ（在西班牙南部和拉丁美洲，在 e、i 前發「ㄙ」的音）

讀音：「ce」

caro / cara
貴的
（陽性 / 陰性）

Esa marca es muy cara.
那個品牌很貴。

comer
吃

Yo deseo comer pescado.
我想要吃魚。

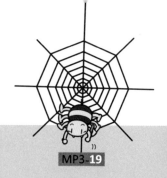

MP3-19

cha	che	chi	cho	chu

發音
ㄑ

Ch / ch

Muchas gracias.
非常感謝。

¡Buen provecho!
請慢用！

¡Qué chistoso!
真好笑！

**cheque
de viajero**
旅行支票（陽性）

Yo tengo unos cheques
de viajero.
我有一些旅行支票。

類似注音「ㄑ」的
發音

讀音：「che」

**estrecho /
estrecha**
窄的
（陽性 / 陰性）

La habitación
es un poco
estrecha.
房間有點窄。

**chatear por
internet**
在網路上聊天

Yo chateo con mis
amigos por internet.
我在網路跟我朋友聊天。

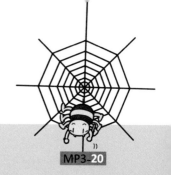

MP3-20

| da | de | di | do | du |

發音

ㄉ

D/d

¡Date prisa, por favor!
請你快點！

Disculpe.
請問。/對不起（您）。

¿Cuánto dura el viaje?
旅途時間是多久？

documento
文件（陽性）

Firme este documento, por favor.
請在這文件上簽名。

類似注音「ㄉ」的發音

讀音：「de」

despacio
慢的

Hable más despacio, por favor.
請您說慢一點。

dormir
睡覺

Yo duermo ocho horas todos los días.
我每天睡八個小時。

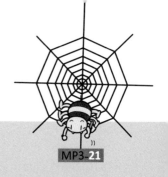

MP3-21

| fa | fe | fi | fo | fu |

發音
C

F / f

Por favor
請

¡Fantástico!
好神奇！/ 太棒了！

¡Felicidades!
恭喜！

farmacia
藥局（陰性）

La farmacia abre a las diez.
藥局十點開門。

類似注音「ㄈ」的發音

讀音：「efe」

feliz
快樂的

Yo estoy muy feliz.
我很快樂。

preferir
比較喜歡

¿Qué color prefieres?
你比較喜歡什麼顏色？

用蜘蛛網式連結法，輕鬆學好西班牙語音標，串聯單字與例句

MP3-22

ga	gue	gui	go	gu
	ge	gi		
	güe	güi		

發音
ㄍ / ㄏ

G / g

¡Grandioso!
太棒了！

¡Me parece genial!
我覺得好極了！

Me da vegüenza.
我感到很害羞。／我感到很丟臉。

garganta
喉嚨（陰性）

Me duele la garganta.
我的喉嚨痛。

《（在 a、o、u 前
發「《」的音）

厂（ 在 e、i 前 發
「厂」的音）

讀音：「ge」

**delgado /
delgada**
瘦的
（陽性 / 陰性）

Mi primo es
delgado.
我的堂（表）兄是瘦
的。

gustar
喜歡

¿Qué te gusta hacer los
fines de semana?
你週末時喜歡做什麼？

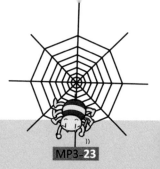

MP3-23

ha	he	hi	ho	hu

發音
不發音

H

h

Hasta luego.
再見。

Hecho en Taiwán.
台灣製。

Tengo hambre.
我餓了。

helado
冰淇淋（陽性）

Yo quiero un helado de chocolate.
我要一個巧克力冰淇淋。

不發音

讀音：「hache」

**honesto /
honesta**
誠實的
（陽性 / 陰性）

María es honesta.
María 很誠實。

hablar
說

Yo sé hablar chino, inglés y español.
我會說中文、英語和西班牙語。

MP3-24

| ja | je | ji | jo | ju |

發音
ㄏ

J / j

En rebaja.
減價。

¡Vamos a jugar al béisbol!
我們一起打棒球吧！

Te lo juro.
我發誓。

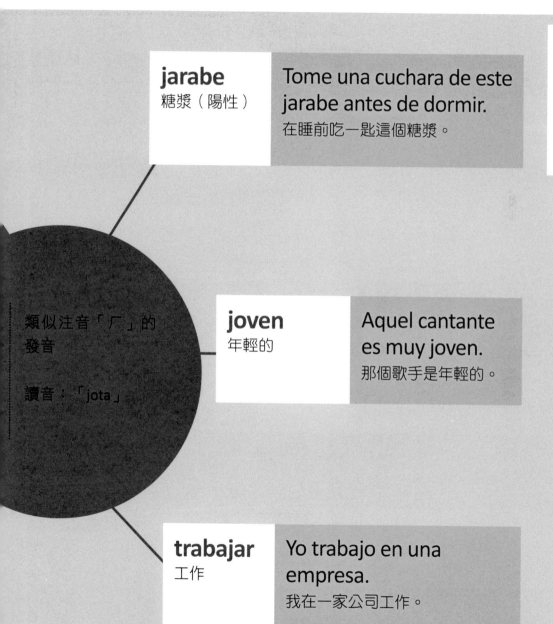

jarabe
糖漿（陽性）

Tome una cuchara de este jarabe antes de dormir.
在睡前吃一匙這個糖漿。

類似注音「ㄏ」的發音

讀音：「jota」

joven
年輕的

Aquel cantante es muy joven.
那個歌手是年輕的。

trabajar
工作

Yo trabajo en una empresa.
我在一家公司工作。

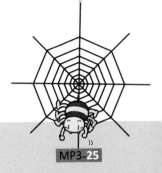

MP3-25

| ka | ke | ki | ko | ku |

發音
《

K
k

Sírvame un vodka, por favor.
請給我一杯伏特加。（正式）

¡Qué poco kilometraje!
哩程真少！（此哩程數指汽車哩程）

¡Te pareces a un koala!
你像一隻無尾熊一樣。

enfermedad de Parkinson
帕金森氏症（陰性）

Ese señor tiene la enfermedad de Parkinson.
那位先生得了帕金森氏症。

類似注音「ㄍ」的發音

讀音：「ka」

kafkiano / kafkiana
荒謬的
（陽性 / 陰性）

Pienso que es un tema muy kafkiano.
我認為這個題目是荒謬的。

kilometrar
用公里來計算

Por favor, kilometre la longitud de esta avenida.
請您用公里來計算這條路的長度。

MP3-26

| la | le | li | lo | lu |

發音
ㄌ

L
ˊ
ı

¡Salud!
乾杯！

¡Vale!
好的！

Lo más pronto posible.
盡快。

película
電影（陰性）

La película empieza a las siete.
電影七點開始。

類似注音「ㄌ」的發音

讀音：「ele」

caliente
熱的

Yo quiero una taza de café caliente.
我要一杯熱咖啡。

leer
讀

Yo leo una revista todas las mañanas.
我每天早上閱讀一本雜誌。

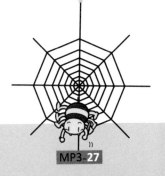

MP3-27

lla	lle	lli	llo	llu

發音
ㄓ

¿Qué talla desea?
您想要什麼尺寸？

No llores, por favor.
請不要哭。（非正式）

¡No llegues tarde!
請你不要遲到。（非正式）

silla
椅子（陰性）

Esta silla es muy cómoda.
這把椅子很舒服。

類似注音「ㄓ」的發音

讀音：「elle」

**maravilloso /
maravillosa**
美妙的
（陽性 / 陰性）

Esa experiencia
fue maravillosa.
那個經驗太美妙了！

llamar
打電話

Te llamo más tarde.
我晚一點打電話給你。

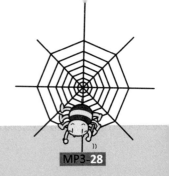

MP3-28

ma	me	mi	mo	mu

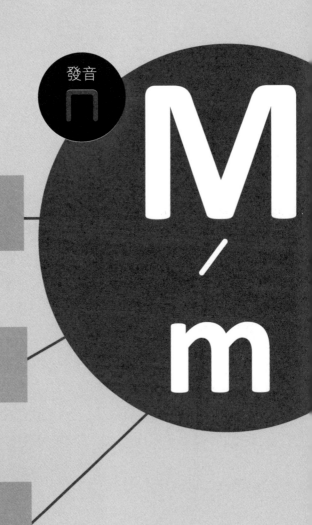

發音

Te amo.
我愛你。

Un momento, por favor.
請稍候。

Te lo mereces.
你應得的。

**médico /
médica**
醫生
（陽性 / 陰性）

Tengo una cita con el
médico a las dos de la
tarde.
我和醫生下午二點有約。

類似注音「ㄇ」的
發音

讀音：「eme」

**famoso /
famosa**
有名的
（陽性 / 陰性）

Ese actor es muy
famoso.
那位男演員很有名。

montar
騎

Me gusta montar en
bicicleta.
我喜歡騎腳踏車。

來練習吧！ ¡A practicar!

➡ 解答 P155

1. 連連看。

（1）Disculpe.   歡迎！

（2）¡Felicidades!   你做什麼工作？

（3）Hasta luego.   請問。

（4）¡Bienvenido!   恭喜！

（5）¡Salud!   我感到很害羞。

（6）¡Grandioso!   再見。

（7）Te lo juro.   乾杯！

（8）¿A qué te dedicas?   我愛你。

（9）Te amo.   太棒了！

（10）Me da vegüenza.   我發誓。

2. 請聆聽光碟，圈出正確的回答。

（1）a.farmacia   b.feliz   c.felicidades

（2）a.garganta   b.gustar   c.grandioso

（3）a.hablar   b.honesto   c.helado

（4）a.joven   b.en rebaja   c.jarabe

（5）a.kilo   b.koala   c.vodka

（6）a.vale   b.película   c.salud

（7）a.médico   b.famoso   c.un momento

子音（N 到 Z）
Las consonantes (N a Z)

聰明如您，學習完前十二個子音後，是否覺得非常得心應手了呢？所謂打鐵趁熱，學習更要一鼓作氣，我們將依循前一章的模式舉例，讓您更快速有效地學習，讓我們繼續完成接下來的子音練習吧！

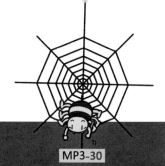

MP3-30

na	ne	ni	no	nu

發音
ㄋ

N
ń

De nada.
不客氣。

¡Feliz Navidad!
聖誕快樂！

Nunca es tarde.
永遠不遲。

**nieto /
nieta**
孫子 / 孫女
（陽性 / 陰性）

Mi nieto va a tocar
la guitarra en el
concierto.
我的孫子會在音樂會上彈吉
他。

類似注音「ㄋ」的
發音

讀音：「ene」

**nuevo /
nueva**
新的
（陽性 / 陰性）

Este es mi nuevo
ordenador.
這是我的新電腦。

necesitar
需要

Yo necesito dinero.
我需要錢。

MP3-31

ña	ñe	ñi	ño	ñu

發音
ㄋㄧ

Ñ
ñ

¿Cómo se dice "~" en español?
這句「～」的西班牙語怎麼說？

¡Feliz cumpleaños!
生日快樂！

¡Te extraño mucho!
我好想念你！

años
歲 / 年（陽性）

Yo tengo veinticinco años.
我二十五歲。

類似注音「ㄋㄧ」
的發音

讀音：「eñe」

mañoso / mañosa
狡猾的
（陽性 / 陰性）

Mi hermano menor es muy mañoso.
我弟弟非常狡猾。

bañarse
洗澡

Mi hijo está bañándose.
我的兒子正在洗澡。

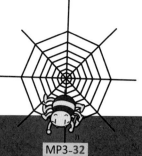

MP3-32

pa	pe	pi	po	pu

發音 ㄅ

P ´ p

Perdón.
對不起。

No te preocupes.
不用擔心。（非正式）

Pienso en ti.
我想你。

pantalones
褲子（陽性）

¿Puedo probarme estos pantalones?
我可以試穿這件褲子嗎？

類似注音「ㄅ」的發音

讀音：「pe」

precioso / preciosa
漂亮的
（陽性 / 陰性）

Tu apartamento es precioso.
你的公寓真漂亮。

comprar
買

Yo voy a comprar una pizza grande.
我會買一個大披薩。

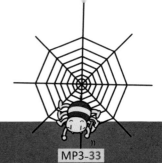

MP3-33

que	qui

發音
《

Q

q

¿Qué te pasa?
你怎麼了？

¿Qué es esto?
這是什麼？

¿Cómo quedamos?
我們怎麼約？

queso
起司（陽性）

Este queso está delicioso.
這個起司很好吃。

類似注音「ㄍ」的發音

讀音：「cu」

pequeño / pequeña
小的
（陽性 / 陰性）

Quiero un vaso de jugo pequeño.
我要一杯小的水果汁。

querer
要

Yo quiero un vestido de algodón.
我要一件棉質洋裝。

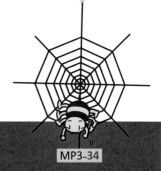

MP3-34

ra	re	ri	ro	ru

發音
ㄌ

R
r

Claro.
當然。

¿Qué me recomienda?
您推薦什麼？

¡Qué rico!
真好吃！

regalo
禮物（陽性）

Este regalo es para ti.
這份禮物是給你的。

類似注音「ㄌ」，
但發音較輕柔

讀音：「erre」

**barato /
barata**
便宜的
（陽性 / 陰性）

Quiero un
bolígrafo barato.
我想要一支便宜的原
子筆。

repetir
重複

¿Puede repetir, por
favor?
可以請您重複一次嗎？

MP3-35

sa	se	si	so	su

發音
ㄙ

S

/
s

¿Qué significa "~"?
這句「～」是什麼意思？

¡Por supuesto!
當然！

¡Buena suerte!
祝你好運！/ 祝您好運！

salario
薪水（陽性）

Voy a pedirle un aumento de salario a mi jefe mañana.
我明天會向老闆要求加薪。

類似注音「ㄙ」的發音

讀音：「ese」

cansado /
cansada
累的
（陽性 / 陰性）

Ese estudiante está muy cansado.
那位學生很累。

saber
知道 / 會

No sé su número de teléfono.
我不知道他的電話號碼。

Yo no sé nadar.
我不會游泳。

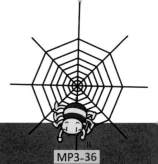

MP3-36

ta	te	ti	to	tu

發音
ㄉ

T
t

¡Cuánto tiempo sin verte!
好久不見！（非正式）

Lo siento.
對不起。

Trato hecho.
一言為定。

tren
火車（陽性）

El tren llega a las cuatro en punto de la tarde.
火車下午四點整到達。

類似注音「ㄉ」的發音

讀音：「te」

inteligente
聰明的

Tú eres muy inteligente.
你很聰明。

tener
有

Yo tengo un libro de español.
我有一本西班牙語書。

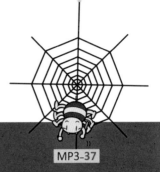

MP3-37

| va | ve | vi | vo | vu |

發音 ㄅ

¿Cuánto vale?
多少錢？

¿De verdad?
真的嗎？

¡Viva Taiwán!
台灣萬歲！

ventilador
電風扇（陽性）

El ventilador no funciona.
電風扇壞了。

類似注音「ㄅ」的發音

讀音：「uve」

**nervioso /
nerviosa**
緊張的
（陽性 / 陰性）

Yo estoy un poco nervioso / nerviosa.
我有一點緊張。

lavar
洗

Yo tengo que lavar la ropa este fin de semana.
我這個週末必須洗衣服。

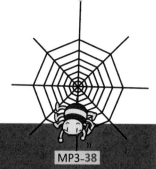

MP3-38

| wa | we | wi | wo | wu |

發音 ✕

W / W

¡Vamos al show!
我們一起去看表演吧！

Esta es la página web de mi compañía.
這是我公司的網站。

Compré una botella de whisky.
我買了一瓶威士忌。

sándwich
三明治（陽性）

Deme un sándwich, por favor.
請給我一個三明治。（正式）

類似注音「ㄨ」的發音

讀音：「uve doble」

taiwanés / taiwanesa
台灣人的
（陽性 / 陰性）

Yo soy taiwanés / taiwanesa.
我是台灣人。

windsurf
風帆（陽性）

Yo practico el windsurf todos los domingos.
我每個星期天都會練習風帆。

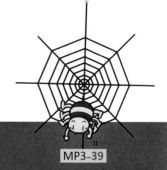

MP3-39

| xa | xe | xi | xo | xu |

發音
《ㄙ

X

x

¡Auxilio!
救命！

¡No exageres!
不要誇大！（非正式）

¡Exacto!
正是！/ 沒錯！

examen
考試（陽性）

El examen de matemáticas es el próximo lunes.
數學考試是下週一。

類似注音「ㄍㄙ」的發音

讀音：「equis」

excelente
傑出的

Tu proyecto de investigación es excelente.
你的研究報告很傑出。

anexar
附檔

Yo voy a anexar el documento al correo electrónico.
我將會在電子郵件中附檔。

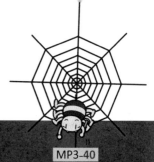

MP3-40

| ya | ye | yi | yo | yu |

發音

一

Y

y

¡Ayuda!
救命！

¡Gracias por tu apoyo!
感謝你的支持！

Ya está listo.
已經準備好了。

playa
海灘（陰性）

Yo hago deporte en la playa todos los días.
我每天在海灘做運動。

類似注音「一」的發音

讀音：「ye」

adyacente
相鄰的 /
附近的

Mi primo y yo vivimos en edificios adyacentes.
我的表弟就住在我家的隔壁。（強調二建物相鄰）

desayunar
吃早餐

Yo desayuno en mi casa.
我在家吃早餐。

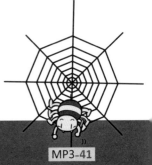

MP3-41

| za | ze | zi | zo | zu |

發音
th／ム

Z
／
z

Tiene razón.
您是對的。

¡Dame un abrazo!
給我一個擁抱！（非正式）

Sin azúcar, por favor.
請不要加糖。

cabeza
頭（陰性）

Tengo dolor de cabeza.
我頭痛。

th（發類似英語
「th」的音）

ㄙ（在西班牙南部
和拉丁美洲，發
「ㄙ」的音）

讀音：「zeta」

**perezoso /
perezosa**
懶惰的
（陽性/陰性）

Mi sobrino es muy perezoso.
我的姪子很懶惰。

analizar
分析

Yo voy a analizar su propuesta.
我會分析你的提案。

來練習吧！ ¡A practicar!

➡ 解答 P156

1. 連連看。

（1）De nada.　　　　　　　　　　　請再一次。

（2）Otra vez, por favor.　　　　　　這句「～」是什麼意思？

（3）Perdón.　　　　　　　　　　　祝好運！

（4）¿Qué te pasa?　　　　　　　　　對不起。

（5）¡Claro!　　　　　　　　　　　　一言為定。

（6）¿Qué significa "～"?　　　　　　緊急！

（7）¡Buena suerte!　　　　　　　　　你怎麼了？

（8）Trato hecho.　　　　　　　　　　真的嗎？

（9）¡Urgente!　　　　　　　　　　　不客氣。

（10）¿De verdad?　　　　　　　　　　當然。

---

2. 請聆聽光碟，圈出正確的回答。

（1）a.nuevo	b.necesitar	c.nieto
（2）a.perdón	b.precioso	c.comprar
（3）a.queso	b.querer	c.pequeño
（4）a.rico	b.regalo	c.repetir
（5）a.saber	b.suerte	c.salario
（6）a.lo siento	b.tener	c.inteligente
（7）a.urgente	b.universidad	c.útil
（8）a.vale	b.verdad	c.viva
（9）a.ayuda	b.desayunar	c.playa
（10）a.azúcar	b.cabeza	c.analizar

Diálogos

PARTE 02

用蜘蛛網式擴大法，實用會話現學現說

前面單元介紹西班牙語的母音和子音，現在就讓我們把學過的字彙以及例句套用在實際的生活上吧！這單元提供「問候 Saludos」、「再見 Despedidas」、「自我介紹 Presentación personal」、「留下聯絡方式 Información de contacto」、「如何介紹他人 Presentación de personas」、「留下地址 La dirección」、「預約 Reservas」、「餐廳 En el restaurante」、「購物 De compras」等九種情境，不僅可以將字彙套用在這幾句短短的會話裡，當然，您也可以試著將前面學到的例句加到情境中，讓會話的內容更豐富，您將會發現開口說西班牙語一點都不難！

01 問候 1
Saludos 1

MP3-43

▶ **Buenos días.**

早安。

▶ **Buenas tardes.**

午安。

▶ **Buenas noches.**

晚安。

▶ **¿Cómo estás?**

你好嗎？

▶ **¿Cómo está (usted)?**

您好嗎？

▶ **¿Qué tal?**

你好嗎？／您好嗎？

▶ **¿Qué hay de nuevo?**

你最近好嗎？

02 問候 2
Saludos 2

MP3-44

▶ **¿Cómo te va?**

你好嗎？

▶ **¿Cómo le va?**

您好嗎？

▶ **(Yo estoy) Muy bien.**

（我）很好。

▶ **Muy bien, gracias. ¿Y usted?**

很好，謝謝。你呢？

▶ **Estoy muy feliz.**

我很高興。

▶ **Estoy un poco cansado / cansada.**

我有一點累。（陽性 / 陰性）

▶ **¡Cuánto tiempo sin verte!**

好久不見！（非正式）

03 再見
Despedidas

MP3-45

▶ **Hasta luego.**

再見。

▶ **Adiós.**

再見。

▶ **Hasta pronto.**

下回再見。

▶ **Hasta mañana.**

明天見。

▶ **Hasta la próxima semana.**

下週見。

▶ **Nos vemos más tarde.**

我們晚點見。

04 自我介紹 1
Presentación personal 1

MP3-46

▶ **Yo soy Enrique.**

我是 Enrique。

▶ **Yo me llamo Rosa.**

我叫 Rosa。

▶ **Mi nombre es Carlos.**

我的名字是 Carlos。

▶ **Me apellido Bonilla.**

我姓 Bonilla。

▶ **Mi apellido es Carrillo.**

我姓 Carrillo。

▶ **Yo represento a la compañía ABC.**

我代表 ABC 公司。

▶ **Somos de la compañía ABC.**

我們是從 ABC 公司來的。

05 自我介紹 2
Presentación personal 2

MP3-47

▶ **¿De dónde eres?**

你從哪裡來？

▶ **¿De dónde es usted?**

您從哪裡來？

▶ **Yo soy taiwanés / taiwanesa.**

我是臺灣人。（男 / 女）

▶ **Yo soy de Taiwán.**

我從臺灣來。

▶ **Yo soy de Taipei.**

我從臺北來。

▶ **Mucho gusto.**

幸會。

▶ **Encantado / Encantada.**

幸會。（男 / 女）

06 自我介紹 3

Presentación personal 3

MP3-48

▶ **¿Me permite su tarjeta de presentación?**

您可以給我您的名片嗎？

▶ **Esta es mi tarjeta de presentación.**

這是我的名片。

▶ **Gracias, esta es la mía.**

謝謝，這是我的。

▶ **Lo siento. No traje mi tarjeta de presentación.**

抱歉。我沒帶名片。

▶ **Le dejo mi información de contacto.**

我留下我的聯絡方式給您。

07 留下聯絡方式（正式）1

Información de contacto (formal) 1

MP3-49

▶ **¿Podría hacerle algunas preguntas?**

我能問您幾個問題嗎？

▶ **Sí, claro. Dígame.**

當然。請說。

▶ **¿Cómo se llama?**

您叫什麼名字？

▶ **Me llamo Enrique.**

我叫 Enrique。

▶ **¿Cómo se apellida?**

您貴姓？

▶ **¿Cuál es su apellido?**

您貴姓？

▶ **Me apellido Villalta.**

我姓 Villalta。

08 留下聯絡方式（正式）2
Información de contacto (formal) 2

MP3-50

▶ **¿Me permite su número de teléfono?**

能給我您的電話號碼嗎？

▶ **¿Cuál es su número de teléfono?**

您的電話號碼是幾號？

▶ **Mi número de teléfono es veinticinco quince once.**

我的電話號碼是 25 15 11。

▶ **¿Cuál es el número de teléfono de su oficina?**

您辦公室的電話號碼是多少？

▶ **El número de teléfono de mi oficina es veintidós setenta y uno cincuenta y seis trece.**

我辦公室的電話號碼是 22 71 56 13。

▶ **¿Cuál es el número de su extensión?**

您的分機號碼是幾號？

▶ **El número de mi extensión es catorce.**

我的分機號碼是 14。

09 留下聯絡方式（正式）3

Información de contacto (formal) 3

MP3-51

▶ **¿Cuál es su correo electrónico?**

您的電子郵件是什麼？

▶ **Mi correo electrónico es hola guion superior amigo arroba correo punto com.**

我的電子郵件是 hola-amigo@correo.com。

▶ **¿Cuál es el correo electrónico de su oficina?**

您辦公室的電子郵件是什麼？

▶ **El correo electrónico de mi oficina es ce ele guion inferior cinco arroba correo punto com.**

我辦公室的電子郵件是 cl_5@correo.com。

▶ **¿A qué se dedica?**

您做什麼職業？

▶ **Yo soy gerente.**

我是經理。

⑩ 留下聯絡方式（非正式）1
Información de contacto (informal) 1

MP3-52

▶ **¿Puedo hacerte algunas preguntas?**

我可以問你幾個問題嗎？

▶ **¿Cómo te llamas?**

你叫什麼名字？

▶ **Yo me llamo Elisa.**

我叫 Elisa。

▶ **¿Cómo te apellidas?**

你貴姓？

▶ **Mi apellido es Miranda.**

我姓 Miranda。

▶ **¿Cuál es tu número de teléfono?**

你的電話號碼是幾號？

▶ **El número de mi teléfono móvil es cero nueve doce treinta y ocho setenta y cinco noventa y seis.**

我的手機號碼是 09 12 38 75 96。

⓫ 留下聯絡方式（非正式）2

Información de contacto (informal) 2

MP3-53

▷ **¿Cuál es el número de teléfono de tu casa?**

你家的電話號碼是幾號？

▷ **El número de teléfono de mi casa es ochenta y dos cuarenta y cuatro sesenta y siete cincuenta.**

我家的電話號碼是 82 44 67 50。

▷ **¿Cuál es tu correo electrónico?**

你的電子郵件是什麼？

▷ **¿Puedes darme tu correo electrónico?**

你可以給我你的電子郵件嗎？

▷ **Mi correo electrónico es amigo arroba ahora punto com.**

我的電子郵件是 amigo@ahora.com。

▷ **¿A qué te dedicas?**

你做什麼職業？

▷ **Yo soy abogado / abogada.**

我是律師。（男／女）

12 如何介紹他人（正式）

Presentación de personas (formal)

MP3-54

▶ **Le presento a la señorita Bolaños.**

為您介紹 Bolaños 小姐。

▶ **Le presento al señor Acuña.**

為您介紹 Acuña 先生。

▶ **Permítame presentarle a mi compañera.**

為您介紹我的同事。

▶ **Permítame presentarle al gerente del departamento.**

為您介紹我們部門的經理。

▶ **Él es el dueño del restaurante.**

他是餐廳的老闆。

▶ **Él es el jefe de este departamento.**

他是這個部門的長官。

▶ **Ella es mi esposa.**

她是我的太太。

⓭ 如何介紹他人（非正式）
Presentación de personas (informal)

MP3-55

▶ **Te presento a María Castro.**

為你介紹 María Castro。

▶ **Te presento a Mario Bonilla.**

為你介紹 Mario Bonilla。

▶ **Este es Francisco León.**

這是 Francisco León。

▶ **Esta es Isabel Esquivel.**

這是 Isabel Esquivel。

▶ **Él es el señor Campos.**

他是 Campos 先生。

▶ **Ella es la señorita Villalobos.**

她是 Villalobos 小姐。

▶ **Ella es la señora Blanco.**

她是 Blanco 太太。

⑭ 留下地址（正式）La dirección (formal)

MP3-56

▶ **¿Dónde vive?**

您住哪裡？

▶ **Yo vivo en Taipei.**

我住在臺北。

▶ **¿En qué barrio vive?**

您住在哪一區？

▶ **Vivo en el Barrio El Carmen.**

我住在 El Carmen 區。

▶ **¿En cuál edificio vive?**

您住在哪一棟大樓？

▶ **Yo vivo en el edificio número dieciocho.**

我住在十八號大樓。

▶ **¿Cuál es su dirección?**

您的地址是什麼？

▶ **Mi dirección es Calle Gran Vía, número cincuenta, quinto A, 28013 Madrid, España.**

我的地址是西班牙馬德里 Gran Vía 街 50 號 5 樓 A 公寓。
寫地址的方式是：　　C/Gran Vía, n.º50,5.º A
　　　　　　　　　　28013 Madrid
　　　　　　　　　　ESPAÑA

⑮ 留下地址（非正式）

La dirección (informal)

MP3-57

▶ **¿Dónde vives?**

你住哪裡？

▶ **¿En qué barrio vives?**

你住在哪一區？

▶ **¿En cuál edificio vives?**

你住在哪一棟大樓？

▶ **¿En qué piso vives?**

你住幾樓？

▶ **Yo vivo en el segundo piso.**

我住在第二層樓。

primer	第一	sexto	第六
segundo	第二	séptimo	第七
tercer	第三	octavo	第八
cuarto	第四	noveno	第九
quinto	第五	décimo	第十

16 預約 1

Reservas 1

MP3-58

▶ **Quiero hacer una reserva para el veintidós de diciembre.**

我要在十二月二十二日預約一間房間。

▶ **Quiero reservar una habitación sencilla.**

我要預約一間單人房。

▶ **Soy Rosa Chaves y he reservado una habitación para dos personas.**

我是 Rosa Chaves，我已經預約了一間雙人房。

▶ **He hecho una reserva por internet de una habitación doble.**

我在網路上預訂了一間雙人房。

▶ **Disculpe, ¿a nombre de quién está la reserva?**

請問登記誰的名字？

▶ **La reserva está a nombre de Elisa Castillo.**

預約是用 Elisa Castillo 這名字。

▶ **Deseo reservar una habitación con balcón.**

我想要預約一間有陽台的房間。

⑰ 預約 2

Reservas 2

MP3-59

▶ **Deseo reservar una habitación que dé a la playa.**

我想要預約一個面向海灘的房間。

▶ **¿Nos permite ver la habitación?**

我們可以看房間嗎？

▶ **¿Me permite su pasaporte?**

可以看您的護照嗎？

▶ **Por favor, complete este formulario.**

請您填寫這張登記表。

▶ **Por favor, firme este formulario.**

請您在這張登記表上簽名。

▶ **Aquí tiene la llave de su habitación.**

這是您房間的鑰匙。

▶ **Su habitación está en el quinto piso.**

您的房間在第五層樓。

18 餐廳 1
En el restaurante 1

MP3-60

▶ **Tengo una reserva para dos personas.**

我有預約一張二個人的桌子。

▶ **¿Tiene un menú en inglés?**

您有英文菜單嗎？

▶ **¿Tiene una carta con fotografías?**

您有附照片的菜單嗎？

▶ **Sí. Permítame un momento.**

好的。請稍等我一下。

▶ **Aquí tiene.**

在這裡。

▶ **Disculpe, ¿van a pedir?**

請問您們要點餐了嗎？/ 請問可以幫您們點餐嗎？

▶ **Todavía no. Estamos esperando a un amigo.**

還沒有。我們在等一位朋友。

▶ **Sí. Gracias.**

好的。謝謝。

⑲ 餐廳 2
En el restaurante 2

MP3-61

▶ **¿Cuál es la especialidad de la casa?**

餐廳推薦的是哪一道？

▶ **¿Cuál es el menú del día?**

今日特餐是哪一道？

▶ **¿Qué me recomienda?**

您推薦什麼？

▶ **¿Me puede recomendar un plato típico, por favor?**

可以請您幫我推薦一道傳統料理嗎？

▶ **Le recomiendo el plato del día.**

我向您推薦今日特餐。

▶ **Todos estos son los platos típicos.**

這些都是餐廳推薦的傳統料理。

▶ **¿Qué contiene el plato del día?**

請問今日特餐中有什麼？

⑳ 餐廳 3
En el restaurante 3

MP3-62

▶ **Disculpe, ¿qué desea comer?**

請問您想吃什麼？

▶ **¿Qué desea de primer plato?**

您前菜想來點什麼？

▶ **¿Qué desea de plato de entrada?**

您前菜想來點什麼？

▶ **Le ofrecemos sopa o ensalada.**

我們提供湯或沙拉。

▶ **¿Qué desea pedir de segundo plato?**

您想點什麼作為您的主餐？

▶ **Deseo unas chuletas de cordero.**

我想要點羊小排。

▶ **Deseo pescado.**

我想要點魚。

㉑ 餐廳 4
En el restaurante 4

MP3-63

▶ **¿Con qué vienen acompañadas las chuletas de cordero?**

搭配羊小排的配菜有什麼？

▶ **Las chuletas de ternera vienen acompañadas con arroz y vegetales.**

牛小排將會搭配米飯與蔬菜。

▶ **El pescado se sirve con patatas fritas y ensalada.**

魚會搭配炸馬鈴薯與沙拉。

▶ **¿Van a tomar algún postre?**

您們想來點什麼甜點？

▶ **Sírvame un helado, por favor.**

請給我一個冰淇淋。（正式）

▶ **¿Qué sabores de helado tienen?**

您們有哪些口味的冰淇淋？

▶ **Chocolate, fresa, vainilla y mango.**

巧克力、草莓、香草和芒果。

▶ **Deme un pastel de chocolate, por favor.**

請給我一塊巧克力蛋糕。（正式）

㉒ 餐廳 5
En el restaurante 5

MP3-64

▶ **¿Qué desean beber?**

您們想喝什麼？

▶ **¿Qué quieren tomar?**

您們要喝什麼？

▶ **Yo quiero un café con leche.**

我要一杯咖啡加牛奶。

▶ **Yo deseo una limonada.**

我要一杯檸檬汁。

▶ **Sírvame un zumo de zanahoria, por favor.**

請給我一杯紅蘿蔔汁。（正式）

▶ **¿Me trae un vaso de agua, por favor?**

請幫我送來一杯水。（正式）

▶ **¿Me trae un cuchillo / una cuchara / un tenedor?**

請幫我送來一把刀子 / 一支湯匙 / 一支叉子。（正式）

㉓ 購物 1

De compras 1

MP3-65

▶ **¿Qué desea?**

您想要什麼呢？

▶ **¿En qué puedo ayudarle?**

我可以幫您什麼呢？

▶ **Si necesita de mi ayuda, por favor avíseme.**

如果您需要我的幫忙，請告訴我。

▶ **Gracias. Estoy mirando.**

謝謝。我正在看。

▶ **Yo quiero un traje.**

我想要一件西裝。

▶ **¿Qué talla desea?**

您想要什麼尺寸？

▶ **Deseo una talla grande / mediana / pequeña.**

我想要大 / 中 / 小尺寸。

24 購物 2

De compras 2

MP3-66

▶ **Disculpe, ¿dónde puedo probarme esta camisa?**

不好意思，我可以在哪裡試穿這件襯衫？（正式）

▶ **Por favor, sígame.**

請跟我來。（正式）

▶ **El probador está a la izquierda.**

試衣間在左手邊。

▶ **Lo siento, no tenemos probador.**

不好意思，我們沒有試衣間。

▶ **¿Puedo ver esa maleta de mano?**

我可以看這個手提行李箱嗎？

▶ **¿De qué material está hecho?**

這是用什麼材質製成？（陽性）

▶ **¿De qué material está hecha?**

這是用什麼材質製成？（陰性）

▶ **Esta maleta de mano está hecha de piel.**

這個手提行李箱是皮革製。

㉕ 購物 3

De compras 3

MP3-67

▶ **Vale. Lo compro.**

好的。我要買這件。

▶ **De acuerdo. Me lo llevo.**

好的。我帶這件。

▶ **¿Puede envolvérmelo, por favor?**

可以幫我包起來嗎？（正式）

▶ **¿Puede darme otra bolsa, por favor?**

可以再給我一個袋子嗎？（正式）

▶ **¿Puedo pagar con tarjeta de crédito?**

我可以用信用卡付款嗎？

▶ **Solo aceptamos efectivo.**

我們只收現金。

▶ **Más barato, por favor.**

請便宜一點。

來練習吧！ ¡A practicar!

→ 解答 P157

1. 請回答下列問題。

（1）¿Cómo está？　您好嗎？

_____ .

（2）¿De dónde es usted？　您從哪裡來？

_____ .

（3）¿Cómo se llama？　您叫什麼名字？

_____ .

（4）¿Cuál es su número de teléfono？　您的電話號碼是幾號？

_____ .

（5）¿Cuál es su correo electrónico？　您的電子郵件是什麼？

_____ .

（6）¿A qué se dedica？　您做什麼職業？

_____ .

（7）¿Dónde vive (usted)？　您住哪裡？

_____ .

（8）Disculpe, ¿a nombre de quién está la reserva？
　　　請問登記誰的名字？

_____ .

（9）Disculpe, ¿van a pedir?

　　請問您們要點餐了嗎？／請問可以幫您們點餐嗎？

　　_____.

（10）¿Qué desea pedir de segundo plato?

　　您想點什麼作為您的主餐？

　　_____.

（11）¿Qué desean beber?　您們想喝什麼？

　　_____.

....

2. 請聆聽光碟，圈出正確的回答。 MP3-68

（1）a.Hola.　　　　　　b.Bien.　　　　　　c.Adiós.

（2）a.Mucho gusto.　　b.Carlos. ¿Y usted?　c.Más barato, por favor.

（3）a.Veinticuatro.　　b.Ayuda.　　　　　c.Tiene razón.

（4）a.Soy María.　　　b.Soy taiwanesa.　　c.Soy gerente.

（5）a.Yo estoy feliz.　　b.Te lo juro.　　　c.Vivo en Taipei.

（6）a.Un perro.　　　　b.Un zumo.　　　　c.Caliente.

（7）a.Estoy mirando.　　b.Adiós.　　　　　c.Trato hecho.

（8）a.Algodón.　　　　b.Pequeña.　　　　c.Buena idea.

（9）a.Si, claro.　　　　b.Me lo llevo.　　　c.Sígame.

（10）a.Tengo hambre.　　b.Esta es la mía.　　c.Te invito.

Vocabulario

PARTE 03
用蜘蛛網式擴大法，延伸學習日常詞彙

最後，本單元特別挑選了二十一大類最實用、最基本的日常詞彙如「西班牙常用男生姓名」、「西班牙常用女生姓名」、「西語系國家名稱」、「西語系國家首都名稱」、「家庭」、「職業」、「城市景觀」、「自然景觀」、「數字」、「交通工具」、「顏色」、「星期」、「月份」、「星座」、「美食」、「肉類和海鮮類」、「水果」、「蔬菜」、「飲料」、「文具」、「衣服」，幫助您累積、擴充自己的西班牙語字彙量。

01 西班牙常用男生姓名
Nombre de chicos

MP3-69

Alejandro	Ignacio
Antonio	Jorge
Carlos	José
Diego	Juan
Daniel	Manuel
David	Marcos
Eduardo	Mario
Felipe	Pablo
Fernando	Pedro
Gerardo	Rodrigo

02 西班牙常用女生姓名
Nombre de chicas

MP3-70

Alejandra	Gabriela
Alicia	Isabel
Ana	Lola
Andrea	Lucía
Carmen	María
Carolina	Marta
Cristina	Rosa
Elena	Sara
Elisa	Sofía
Emilia	Teresa

01 西班牙常用男生姓名

02 西班牙常用女生姓名

03▸ 西語系國家名稱

MP3-71

Nombre de países con población hispanohablante

Argentina	阿根廷	Honduras	宏都拉斯
Bolivia	玻利維亞	México	墨西哥
Chile	智利	Nicaragua	尼加拉瓜
Colombia	哥倫比亞	Panamá	巴拿馬
Costa Rica	哥斯大黎加	Paraguay	巴拉圭
Cuba	古巴	Perú	秘魯
Ecuador	厄瓜多	República Dominicana	多明尼加
El Salvador	薩爾瓦多	Uruguay	烏拉圭
España	西班牙	Venezuela	委內瑞拉
Guatemala	瓜地馬拉		

⑭ 西語系國家首都名稱
Nombre de capitales

MP3-72

Buenos Aires	布宜諾斯艾利斯	Tegucigalpa	特古西加爾巴
Sucre	蘇克雷	Ciudad de México	墨西哥市
Santiago	聖地牙哥	Managua	馬納瓜
Bogotá	波哥大	Ciudad de Panamá	巴拿馬市
San José	聖荷西	Asunción	亞松森
La Habana	哈瓦那	Lima	利馬
Quito	基多	Santo Domingo	聖多明哥
San Salvador	聖薩爾瓦多	Montevideo	蒙特維多
Madrid	馬德里	Caracas	卡拉卡斯
Ciudad de Guatemala	瓜地馬拉市		

05 家庭
La familia

MP3-73

abuela	（外）祖母	mamá	媽媽
abuelo	（外）祖父	nieta	孫女
cuñada	大嫂、弟媳	nieto	孫子
cuñado	姊夫、妹夫	papá	爸爸
esposa / mujer	妻子、太太	prima	堂姊妹、表姊妹
esposo / marido	丈夫、先生	primo	堂兄弟、表兄弟
hermana	姊妹	sobrina	姪女
hermano	兄弟	sobrino	姪子
hija	女兒	tía	姑姑、阿姨、舅媽、嬸嬸、伯母
hijo	兒子	tío	伯伯、叔叔、舅舅、姑丈、姨丈

06 職業
Las profesiones

MP3-74

abogado / abogada	律師（男/女）	ingeniero / ingeniera	工程師（男/女）
actor / actriz	男演員（男/女）	jefe / jefa	老闆（男/女）
ama de casa	家庭主婦	maestro / maestra	老師（男/女）
arquitecto / arquitecta	建築師（男/女）	médico / médica	醫生（男/女）
artista	藝術家	periodista	記者
camarero / camarera	服務生（男/女）	policía	警察
diseñador / diseñadora	設計師（男/女）	profesor / profesora	教授、老師（男/女）
ejecutivo de ventas / ejecutiva de ventas	業務員（男/女）	psicólogo / psicóloga	心理學家（男/女）
enfermero / enfermera	護士（男/女）	recepcionista	櫃台接待
gerente	經理	secretario / secretaria	祕書（男/女）

07 城市景觀
Los lugares

MP3-75

aeropuerto	機場	escuela	學校
agencia de viajes	旅行社	gasolinera	加油站
ayuntamiento	市政府	hospital	醫院
biblioteca	圖書館	iglesia	教堂
centro comercial	購物中心	librería	書店
cine	電影院	museo	博物館
compañía	公司	restaurante	餐廳
correo	郵局	supermercado	超級市場
embajada	大使館	teatro	劇院
empresa	公司	universidad	大學

08 自然景觀
Los lugares

MP3-76

arroyo	小溪	lago	湖泊
bosque	森林	mar	海
castillo	城堡	montaña	山
catarata	瀑布	parque	公園
costa	海岸	playa	海灘
desierto	沙漠	prado	草地
glaciar	冰河	río	河流
granja	農場	sendero	小徑
isla	島嶼	volcán	火山
selva tropical	雨林	zoo	動物園

09 ▶ 數字
Los números

MP3-77

cero	0	diez	10
uno	1	once	11
dos	2	doce	12
tres	3	trece	13
cuatro	4	catorce	14
cinco	5	quince	15
seis	6	dieciséis	16
siete	7	diecisiete	17
ocho	8	dieciocho	18
nueve	9	diecinueve	19

MP3-78

veinte	20	treinta	30
veintiuno	21	treinta y uno	31
veintidós	22	cuarenta	40
veintitrés	23	cuarenta y tres	43
veinticuatro	24	cincuenta	50
veinticinco	25	cincuenta y cinco	55
veintiséis	26	sesenta	60
veintisiete	27	setenta	70
veintiocho	28	ochenta	80
veintinueve	29	noventa	90

MP3-79

cien	100	ciento uno	101
doscientos	200	doscientos doce	212
trescientos	300	trescientos veintitrés	323
cuatrocientos	400	cuatrocientos treinta y cinco	435
quinientos	500	quinientos cincuenta	550
seiscientos	600	seiscientos sesenta y cuatro	664
setecientos	700	setecientos catorce	714
ochocientos	800	ochocientos setenta y dos	872
novecientos	900	novecientos noventa y nueve	999

MP3-80

mil	1 000	mil cien	1 100
diez mil	10 000	diez mil quinientos veinte	10 520
cincuenta mil	50 000	cincuenta y dos mil trescientos	52 300
cien mil	100 000	cien mil uno	100 001
trescientos mil	300 000	trescientos treinta mil veinte	330 020
un millón	1 000 000	un millón quinientos mil	1 500 000
ocho millones	8 000 000	ocho millones doscientos mil trece	8 200 013
sesenta millones	60 000 000	sesenta millones quince mil	60 015 000
quinientos millones	500 000 000	seiscientos millones	600 000 000

⑩ 交通工具 Los medios de transporte

MP3-81

avión	飛機	metro	捷運
barco	船	motocicleta	摩托車
bicicleta	腳踏車	taxi	計程車
bus	巴士	teleférico	纜車
coche	汽車	tranvía	電車

⑪ 顏色 Los colores

MP3-82

amarillo	黃色	naranja	橙色
azul	藍色	negro	黑色
blanco	白色	rosa	粉紅色
café / marrón	咖啡色	verde	綠色
gris	灰色	violeta	紫色

⑫ 星期 Los días de la semana

MP3-83

lunes	星期一	viernes	星期五
martes	星期二	sábado	星期六
miércoles	星期三	domingo	星期日
jueves	星期四		

⑬ 月份 Los meses del año

MP3-84

enero	一月	julio	七月
febrero	二月	agosto	八月
marzo	三月	septiembre	九月
abril	四月	octubre	十月
mayo	五月	noviembre	十一月
junio	六月	diciembre	十二月

14 星座

Los signos del zodiaco

MP3-85

Aries	牡羊座	Libra	天秤座
Tauro	金牛座	Escorpión	天蠍座
Géminis	雙子座	Sagitario	射手座
Cáncer	巨蟹座	Capricornio	魔羯座
Leo	獅子座	Acuario	水瓶座
Virgo	處女座	Piscis	雙魚座

15 美食
Comidas

MP3-86

almuerzo	午餐	galletas	餅乾
arroz	飯	hamburguesa	漢堡
caramelo	糖果	helado	冰淇淋
cena	晚餐	huevos	蛋
cereal	穀片	pan	麵包
chocolate	巧克力	pastel	蛋糕
desayuno	早餐	patatas fritas	薯條
ensalada	沙拉	plato del día	當日特餐
fideos	麵	puré	馬鈴薯泥
frijoles	豆子	sopa	湯

⑯ 肉類和海鮮類
Carnes y mariscos

MP3-87

almeja	蛤蜊	mejillones	淡菜
atún	鮪魚	pato	鴨肉
bistec	牛排	pavo	火雞
calamar	花枝	pescado	魚
cangrejo	螃蟹	pollo	雞肉
chuletas de cordero	羊排	pulpo	章魚
chuletas de cerdo	豬排	salchicha	香腸
chuletas de ternera	牛排	salmón	鮭魚
jamón	火腿	sardina	沙丁魚
langosta	龍蝦	trucha	鱒魚

17 水果
Frutas

MP3-88

banano	香蕉	melocotón	水蜜桃
carambola	楊桃	melón	甜瓜
cereza	櫻桃	naranja	橘子
coco	椰子	papaya	木瓜
fresa	草莓	pera	梨子
guayaba	芭樂	piña	鳳梨
kiwi	奇異果	plátano	香蕉
limón	檸檬	pomelo	葡萄柚
mango	芒果	sandía	西瓜
manzana	蘋果	uva	葡萄

18 蔬菜
Verduras

MP3-89

aguacate	酪梨	espinaca	菠菜
ajo	蒜	lechuga	萵苣
apio	芹菜	palmito	棕櫚
berenjena	茄子	papa	馬鈴薯
brócoli	青花菜	patata	馬鈴薯
calabaza	南瓜	pepino	黃瓜
cebolla	洋蔥	repollo	高麗菜
chile	辣椒	tomate	蕃茄
coliflor	花椰菜	yuca	絲蘭
espárrago	蘆筍	zanahoria	紅蘿蔔

19 飲料
Bebidas

MP3-90

agua	水	cocktail	雞尾酒
batido	奶昔	coñac	白蘭地
bebida	飲料	jerez	雪莉酒
café americano	美式咖啡	jugo	果汁
café capuchino	卡布其諾咖啡	leche	牛奶
café cortado	咖啡加少許牛奶	limonada	檸檬水
café negro	黑咖啡	té	茶
cerveza	啤酒	tequila	龍舌蘭酒
champán	香檳酒	vino	葡萄酒
chocolate	巧克力	zumo	果汁

㉒ 文具
Papelería

MP3-91

agenda	行事曆	líquido corrector	修正液
bolígrafo	原子筆	hoja	白紙
calculadora	計算機	pegamento	膠水
cuaderno	筆記本	portaminas	自動鉛筆
mapa	地圖	postal	明信片
goma de borrar	橡皮擦	pluma	鋼筆
grapadora	釘書機	regla	尺
grapas	釘書針	sacapuntas	削鉛筆機
imán	磁鐵	sobre	信封
lápiz	鉛筆	tijeras	剪刀

21 衣服
Ropa

MP3-92

abrigo	大衣	guantes	手套
braga	女用內褲	camiseta	T 恤
bufanda	圍巾	pantalones	褲子
calzoncillo	男用內褲	pañuelo	手帕
camisa	襯衫	ropa interior	內衣
chaqueta	夾克	sombrero	帽子
cinturón	皮帶	sujetador	胸罩
corbata	領帶	traje	男士西裝
falda	裙子	vestido	洋裝

附錄

來練習吧！¡A practicar!
解答 Respuestas

PARTE01
用蜘蛛網式連結法，輕鬆學好西班牙語音標，
串聯單字與例句

1. 母音 P48

1. 請寫出下列名詞或形容詞的西班牙語。

（1）再見！	¡Adiós!	
（2）太棒了！	¡Estupendo!	
（3）好主意。	Buena idea.	
（4）請再一次。	Otra vez, por favor.	
（5）緊急！	¡Urgente!	
（6）朋友	amigo	
（7）優雅的	elegante	
（8）無辜的	inocente	
（9）忙的	ocupado	
（10）好用的	útil	

2. 請聆聽光碟，圈出正確的回答。

（1）a.alto   b.adiós   c.ayuda

（2）a.enseguida   b.estudiante   c.estudiar

（3）a.impuesto   b.inocente   c.invertir

（4）a.oficina   b.ocupado   c.ofrecer

（5）a.universidad   b.útil   c.usar

2. 子音（B 到 M） P74

1. 連連看。

（1）Disculpe.

（2）¡Felicidades!

（3）Hasta luego.

（4）¡Bienvenido!

（5）¡Salud!

（6）¡Grandioso!

（7）Te lo juro.

（8）¿A qué te dedicas?

（9）Te amo.

（10）Me da vegüenza.

歡迎！

你做什麼工作？

請問。

恭喜！

我感到很害羞。

再見。

乾杯！

我愛你。

太棒了！

我發誓。

2. 請聆聽光碟，圈出正確的回答。

（1）a.farmacia   b.feliz   c.felicidades

（2）a.garganta   b.gustar   c.grandioso

（3）a.hablar   b.honesto   c.helado

（4）a.joven   b.en rebaja   c.jarabe

（5）a.kilo   b.koala   c.vodka

（6）a.vale   b.película   c.salud

（7）a.médico   b.famoso   c.un momento

3. 子音（N 到 Z） P100

1. 連連看。

（1）De nada.　　　　　　　　　　請再一次。

（2）Otra vez, por favor.　　　　　　這句「～」是什麼意思？

（3）Perdón.　　　　　　　　　　祝好運！

（4）¿Qué te pasa?　　　　　　　　對不起。

（5）¡Claro!　　　　　　　　　　一言為定。

（6）¿Qué significa "~"?　　　　　緊急！

（7）¡Buena suerte!　　　　　　　你怎麼了？

（8）Trato hecho.　　　　　　　　真的嗎？

（9）¡Urgente!　　　　　　　　　不客氣。

（10）¿De verdad?　　　　　　　　當然。

2. 請聆聽光碟，圈出正確的回答。

（1）a.nuevo　　　　　b.necesitar　　　　c.nieto

（2）a.perdón　　　　　b.precioso　　　　c.comprar

（3）a.queso　　　　　b.querer　　　　　c.pequeño

（4）a.rico　　　　　　b.regalo　　　　　c.repetir

（5）a.saber　　　　　b.suerte　　　　　c.salario

（6）a.lo siento　　　　b.tener　　　　　c.inteligente

（7）a.urgente　　　　b.universidad　　　c.útil

（8）a.vale　　　　　　b.verdad　　　　　c.viva

（9）a.ayuda　　　　　b.desayunar　　　　c.playa

（10）a.azúcar　　　　b.cabeza　　　　　c.analizar

PARTE02
用蜘蛛網式擴大法，實用會話現學現說 P127

1. 請回答下列問題。

（1）¿Cómo está?　您好嗎？
　　Muy bien, gracias.　很好，謝謝。

（2）¿De dónde es usted?　您從哪裡來？
　　Yo soy taiwanés / taiwanesa.　我是臺灣人。

（3）¿Cómo se llama?　您叫什麼名字？
　　Me llamo Enrique.　我叫 Enrique。

（4）¿Cuál es su número de teléfono?　您的電話號碼是幾號？
　　Mi número de teléfono es 22 18 14 61.
　　我的電話號碼是 22 18 14 61。

（5）¿Cuál es su correo electrónico?　您的電子郵件是什麼？
　　Mi correo electrónico es hola arroba correo punto com.
　　我的電子郵件是 hola@correo.com。

（6）¿A qué se dedica?　您做什麼職業？
　　Yo soy abogado / abogada.　我是律師。（男 / 女）

（7）¿Dónde vive (usted)?　您住哪裡？
　　Yo vivo en Taipei.　我住在臺北。

（8）Disculpe, ¿a nombre de quién está la reserva?

請問登記誰的名字？

La reserva está a nombre de Marta Mendoza.

預約是用 Marta Mendoza 這名字。

（9）Disculpe, ¿van a pedir?

請問您們要點餐了嗎？/ 請問可以幫您們點餐嗎？

Todavía no. Estamos esperando a un amigo.

還沒有。我們在等一位朋友。

（10）¿Qué desea pedir de segundo plato?

您想點什麼作為您的主餐？

Deseo unas chuletas de cordero.　我想要點羊小排。

（11）¿Qué desean beber?　您們想喝什麼？

Yo deseo una limonada.　我要一杯檸檬汁。

2. 請聆聽光碟，圈出正確的回答。

（1）¿Cómo está?

a.Hola.　　　　b.Bien.　　　　　c.Adiós.

（2）¿Cómo se llama?

a.Mucho gusto.　　b.Carlos. ¿Y usted?　c.Más barato, por favor.

（3）¿Cuál es el número de su extensión?

a.Veinticuatro.　　　　b.Ayuda.　　　　　　c.Tiene razón.

（4）¿A qué se dedica?

a.Soy María.　　　　　b.Soy taiwanesa.　　　c.Soy gerente.

（5）¿Dónde vive?

a.Yo estoy feliz.　　　b.Te lo juro.　　　　　c.Vivo en Taipei.

（6）¿Qué desean beber?

a.Un perro.　　　　　　b.Un zumo.　　　　　c.Caliente.

（7）¿En qué puedo ayudarle?

a.Estoy mirando.　　　b.Adiós.　　　　　　c.Trato hecho.

（8）¿Qué talla desea?

a.Algodón.　　　　　　b.Pequeña.　　　　　c.Buena idea.

（9）¿Puedo pagar con tarjeta de crédito?

a.Si, claro.　　　　　　b.Me lo llevo.　　　　c.Sígame.

（10）Esta es mi tarjeta de presentación.

a.Tengo hambre.　　b.Esta es la mía.　　　c.Te invito.

國家圖書館出版品預行編目資料

蜘蛛網式學習法：12小時西班牙語發音、單字、
會話，一次搞定！/ José Gerardo Li Chan 著
-- 初版 -- 臺北市：瑞蘭國際, 2016.05
160 面；17×23 公分 --（繽紛外語系列；60）
ISBN：978-986-5639-67-9（平裝附光碟片）
1. 西班牙語 2. 讀本

804.78   105007108

繽紛外語系列 60

蜘蛛網式學習法：
12小時西班牙語
發音、單字、會話，一次搞定！

作者｜José Gerardo Li Chan
責任編輯｜葉仲芸、王愿琦
校對｜José Gerardo Li Chan、葉仲芸、王愿琦

西班牙語錄音｜José Gerardo Li Chan、鄭燕玲
錄音室｜采漾錄音製作有限公司
美術編輯｜CHEER

董事長｜張暖彗·社長兼總編輯｜王愿琦·主編｜葉仲芸
編輯｜潘治婷·編輯｜紀珊·編輯｜林家如·設計部主任｜余佳憓
業務部副理｜楊米琪·業務部專員｜林湲洵·業務部專員｜張毓庭

出版社｜瑞蘭國際有限公司·地址｜台北市大安區安和路一段 104 號 7 樓之 1
電話｜(02)2700-4625·傳真｜(02)2700-4622·訂購專線｜(02)2700-4625
劃撥帳號｜19914152 瑞蘭國際有限公司·瑞蘭網路書城｜www.genki-japan.com.tw

總經銷｜聯合發行股份有限公司·電話｜(02)2917-8022、2917-8042
傳真｜(02)2915-6275、2915-7212·印刷｜宗祐印刷有限公司
出版日期｜2016 年 05 月初版 1 刷·定價｜320 元·ISBN｜978-986-5639-67-9